VENTE

Vendredi 9 Juin 1905

A 2 HEURES

HOTEL DROUOT, SALLE N° 6

EXPOSITION PUBLIQUE

Le Jeudi 8 Juin 1905

De 1 heure 1/2 à 5 heures 1/2.

VENTE

QUIGNON et Fils

Par suite d'Expiration et de Dissolution de Société

COMMISSAIRE-PRISEUR

M° Frédéric LECOCQ

41, rue Richer, 41

EXPERTS

MM. PAULME ET B. LASQUIN Fils

10, rue Chauchat | 12, rue Laffitte

PARIS

IMPRIMERIE MAULDE et RENOU

MAULDE, DOUMENC & Cie

IMPRIMEURS DE LA COMPAGNIE DES COMMISSAIRES-PRISEURS

Rue de Rivoli, 144. — Paris

CATALOGUE

DES

MEUBLES D'ART

Anciens et Modernes

*Armoires, Bureaux, Chambres à coucher, Chiffonniers,
Coffre, Commodes, Consoles. Glaces,
Guéridons, Lits, Salle à manger, Secrétaires. Vitrines.
Tables à jeu, Sièges, etc.*

PROVENANT

De la Maison QUIGNON & Fils

Fabricants de Meubles d'Art, à Paris

DONT LA VENTE AURA LIEU

PAR SUITE D'EXPIRATION ET DE DISSOLUTION DE SOCIÉTÉ

En vertu d'un jugement d'autorisation du Tribunal de Commerce
de la Seine, en date du 4 Mai 1905. Enregistré.

HOTEL DROUOT — SALLE Nᵒ 6

Le Vendredi 9 Juin 1905

A DEUX HEURES PRÉCISES

COMMISSAIRE-PRISEUR

Mᵉ Frédéric LECOCQ

Rue Richer, 41

EXPERTS

MM. PAULME et B. LASQUIN fils

10, Rue Chauchat | Rue Laffitte, 12

EXPOSITION PUBLIQUE

Le Jeudi 8 Juin 1905, de 1 heure 1 2 à 5 heures 1/2

PARIS — 1905

CONDITIONS DE LA VENTE

—

Elle sera faite **au comptant.**

Les Acquéreurs paieront **dix pour cent** en sus des enchères.

Il ne sera admis aucune réclamation une fois **l'adjudication prononcée.**

Maulde, Doumenc et Cⁱᵉ, imprimeurs de la Cⁱᵉ des Commissaires-Priseurs, rue de Rivoli, 144.   1500—27143

DÉSIGNATION

MEUBLES ANCIENS

1 — Console de l'époque Louis XV, en bois sculpté et doré, sans marbre.

Long.. 0ᵐ95.

2 — Coffre en chêne sculpté du temps de la Renaissance, à motif de bas-relief au centre et gaines.

Long., 1ᵐ35.

3 — Petite Commode du temps de Louis XV, ouvrant à deux tiroirs, en bois laqué orné de fleurs peintes; garniture de bronzes ciselés. Dessus de marbre.

Long., 0ᵐ85.

4 — Petite Commode du temps de Louis XV, de forme contournée, ouvrant à deux tiroirs, en marqueterie de bois de couleurs à fleurs. Elle est ornée d'appliques en bronze doré. Poignées, entrées de serrures, chutes, sabots et dessus de marbre.

Long.. 0ᵐ80.

5 — Grand Bureau à cylindre du temps de Louis XVI,
en acajou moucheté orné de filets de cuivre et ébène
incrustés et baguettes de cuivre. Dessus de marbre
blanc avec galerie ajourée.

Long., 1^{m}60.

6 — Commode du temps de Louis XVI, en bois de
marqueterie et bronzes dorés. Dessus de marbre.

Signée : LELEU.

Long., 1^{m}10.

7 — Commode du temps de Louis XVI, à trois rangs
de tiroirs, en acajou, ornée de baguettes et poignées
de cuivre. Dessus de marbre.

Long., 1^{m}30.

8 — Commode du temps de Louis XVI, ouvrant à
trois tiroirs, en bois de placage. Elle est ornée d'entrées de serrures, anneaux, chutes et sabots en
bronze ciselé et doré. Dessus de marbre.

Long. 1^{m}25.

9 — Armoire en chêne sculpté, ouvrant à deux portes,
avec corniche moulurée de forme mouvementée.
Elle est ornée de rocailles et fleurs sculptées.
Époque Louis XV.

Haut., 2^{m}60; Larg. 1^{m}50.

10 — Commode à trois rangs de tiroirs, en noyer
sculpté, ornée de poignées et entrées de serrures en
bronze.

Larg. 1^{m}25.

11 — Armoire en noyer sculpté, ouvrant à deux portes
à trois compartiments à pointes de diamant. Corniche à dentelures.

Époque Louis XIII.

Haut., 2ᵐ20; Long., 1ᵐ60.

12 — Meuble à deux corps en chêne, du temps de
Louis XV, ouvrant à trois tiroirs à la partie inférieure et deux portes vitrées à la partie supérieure
divisées par petits bois.

Haut., 2ᵐ5o; Long., 1ᵐ6o.

13 — Glace en bois sculpté et doré, à baguettes enru-
banées et motifs de feuillages.

Époque Louis XV.

Haut. 1ᵐ85; Larg. 1ᵐ3o.

14 — Glace en bois sculpté en partie doré avec couronnement formé d'une couronne de fleurs et rubans
en bois doré.

En partie Louis XVI.

Haut. 2ᵐ; Larg. 1ᵐ20.

15 — Guéridon du temps de l'Empire, en acajou, à trois
pieds, en gaine à tête de sphinx en bronze ciselé et
doré. La ceinture et les pieds sont ornés d'appliques
en bronze doré. Dessus en mosaïque de marbre de
couleur incrustée dans une plaque de marbre blanc.

Diam., 0ᵐ8o.

16 — Guéridon du temps de l'Empire, en acajou à quatre
pieds en gaine à tête de sphinx en bronze. Tablette
d'entrejambe. Dessus de marbre cerclé de cuivre.

Diam., 0^{m}60.

17 — Petit Lit de repos en bois sculpté à colonnettes
détachées.

Époque fin Louis XVI.

18 — Console de l'époque Louis XV en bois sculpté et
doré.

Sans marbre.

Long., 0^{m}85.

MEUBLES NEUFS

Vendus en vertu d'un Jugement d'autorisation du Tribunal de Commerce de la Seine, en date du 4 Mai 1905. Enregistré.

Nota. — Tous ces Meubles sont **signés** *de la Marque :*

Quignon

MEUBLES D'ART

19 — Vitrine de style Louis XV. en bois de noyer ciré à côtés galbés. Dessus de marbre en brèche violette.

20 — Bureau plat de style Régence, de forme contournée, à quatre pieds cambrés en bois de placage satiné et violette, richement orné de bronzes ciselés et dorés. Dessus de maroquin.

Long. 1^{m}40.

21 — Buffet-Dressoir de style Renaissance, en noyer sculpté, à quatre colonnes et voussure, ouvrant à quatre portes à la partie inférieure.

22 — Un Canapé de style Louis XV, canné, en bois
sculpté et doré.

23 — Un Canapé-Corbeille, de style Louis XV, bois de
noyer, cannage doré.

24 — Meuble d'entre-deux de style Louis XV, ouvrant
à deux portes, en bois noir et bronzes dorés. Dessus
de marbre brèche.

25 — Petit Meuble-Cabinet en noyer sculpté, ouvrant
à abattant, de style Renaissance, sur table-console à
quatre pieds et tablette.

26 — Petit Meuble-Cabinet de style Renaissance, en
noyer sculpté à colonnettes dégagées et ouvrant à
deux portes, sur table-console à quatre pieds et tablette.

27 — Salle à manger en noyer sculpté de style Renaissance, composée de :

Un buffet-dressoir à colonnes sculptées, ouvrant
à six portes et trois tiroirs, avec motifs de bustes en
saillie ;
Une table carrée à quatre pieds et entrejambe ;
Douze chaises cannées.

28 — Chambre à coucher de style Louis XVI, en acajou
sculpté avec baguettes et moulures de cuivre, se
composant d'un grand lit, armoire à glace cintrée et
deux tables verre d'eau à dessus de marbre.

29 — Grande Armoire à trois portes en glace, de style
Louis XVI, poirier noirci ; la glace du centre est
de forme cintrée avec ornement sculpté.

30 — Chambre à coucher de style Louis XV, en bois
de poirier ciré, sculpté, rehaussé d'or, panneaux
à bossages, composée d'un grand lit et d'une
armoire à glace à deux portes.

31 — Armoire en noyer sculpté ouvrant à deux portes
en glace, avec corniche de forme mouvementée.

32 — Grande Glace psyché de forme cintrée, fermant
à deux volets pliants, en érable, à motif de colonnes
engagées.

33 — Grand Lit en noyer sculpté de style Louis XIII.
à balustrade.

34 — Commode de style Louis XV, en acajou, ouvrant
à quatre tiroirs et ornée de bronzes ciselés et dorés.
Dessus de marbre.

35 — Grand Lit de style Louis XVI, en acajou ciré,
orné de baguettes de cuivre et colonnettes aux
angles.

36 — Chiffonnier ouvrant à sept tiroirs, de style
Louis XV, en palissandre. Dessus de marbre
blanc.

37 — Armoire à glace en noyer sculpté et corniche mouvementée et ornée de sculptures.

38 — Grand Meuble à deux corps, en bois noir, ouvrant à quatre portes et deux tiroirs; couronnement de corniche coupée avec vase au centre.

39 — Grande Armoire à glace, accolée de chiffonniers, en palissandre sculpté.

40 — Quatre Fauteuils de style Louis XVI, en bois doré.

41 — Un Lit style Louis XVI, bois laqué bleu et blanc.

42 — Une Commode style Louis XVI, bois laqué bleu et blanc.

43 — Un Canapé de style Louis XV, en noyer sculpté.

44 — Table de nuit ovale, en acajou.

45 — Table de nuit guéridon en palissandre, de style Louis XVI.

46 — Table de nuit à volets, en bois noir, de style Louis XVI.

47 — Table de nuit guéridon, en palissandre, de style Louis XVI.

48 — Table de nuit à volets, en noyer, de style Louis XVI.

49 — Table-Guéridon pour salle à manger, en noyer et bois noir.

50 — Table style Louis XVI, en hêtre.

51 — Un Lit, style Louis XVI, en bois noir sculpté et bronze doré.

52 — Table Louis XVI, en palissandre.

53 — Table à jeu style Renaissance, en bois noir.

54 — Table à jeu style Louis XIV.

55 — Table à jeu style Renaissance. en bois noir.

56 — Table à jeu style Louis XV, en bois noir.

57 — Table d'Escamoteur, en acajou.

58 — Table à jeu style Louis XVI, en bois noir.

59 — Table à jeu style Renaissance. en bois noir.

60 — Table verre d'eau style Louis XVI.

61 — Console style Louis XVI. en bois noir.

62 — Table verre d'eau style Louis XVI.

63 — Une Étagère en noyer.

64 — Une Étagère ronde.

65 — Quatre Chaises style Renaissance, en noyer.

66 — Quatre Chaises style Renaissance, en noyer.

67 — Deux Chaises style Renaissance, en noyer.

68 — Une Chaise style Renaissance, en bois noir.

69 — Une Chaise style Renaissance, garnie, en bois noir.

70 — Deux Chaises style Renaissance, en noyer.

71 — Deux Chaises style Renaissance, garnies, en noyer.

72 — Deux Chaises style Renaissance, en noyer.

73 — Quatre Chaises style Renaissance, en chêne.

74 — Deux Chaises style Renaissance, en noyer.

75 — Deux Tabourets, style Renaissance, en noyer.

76 — Une Banquette style Renaissance, en noyer.

77 — Un Tabouret, style Louis XV.

78 — Trois Chaises à colonnettes, style Louis XVI.

79 — Déux Chaises style Louis XVI, en hêtre.

80 — Une Chaise style Louis XVI, garnie.

81 — Quatre Chaises style Louis XVI, en noyer.

82 — Deux Chaises style Louis XVI, en chêne.

83 — Un Fauteuil style Louis XV, en bois noir et cuivre, garni.

84 — Deux Fauteuils style Louis XVI, en bois noir et bronzes.

85 — Un Chiffonnier, style Louis XV, en palissandre.

86 — Une Servante, style Louis XVI, en bois de noyer avec tablette cannée.

87 — Un Fauteuil style Louis XIII, garni.

88 — Un Fauteuil style Louis XIV, bois doré, garni en tapisserie.

89 — Deux Fauteuils et deux Chaises style Louis XVI, blanc et or.

90 — Deux Chaises lyre, bois doré.

91 — Une Chaise style Louis XV.

92 — Un Fauteuil style Louis XV, bois noir.

93 — Une Fumeuse style Louis XV, bois noir.

94 — Un Fauteuil style Louis XV, bois noir.

95 — Un Fauteuil et cinq Chaises style grec, bois noir.

96 — Deux Chaises, style Louis XVI, en noyer.

97 — Un Fauteuil style Louis XVI, garni.

98 — Une Chaise Mérovingienne.

99 — Un X à bras, style Louis XV.

100 — Deux X, style Louis XVI.

101 — Un Tabouret garni, bois noir.

102 — Quatre Chaises style Louis XV, en acajou.

103 — Deux Chaises style Louis XV, en hêtre.

104 — Vingt-quatre Chaises style Louis XV, en bois noir.

105 — Une Chaise style Louis XVI, en chêne, garnie.

106 — Une Chaise style Louis XIV, en chêne, garnie.

107 — Deux Chaises, style Louis XVI, bois noir.

108 — Deux Chaises, style Louis XVI, bois noir.

109 — Une Chaise, style Renaissance, bois noir, garnie

110 — Une Table à thé, style Louis XV, en noyer.

111 — Une Commode, style Louis XVI, en palissandre.

112 — Une Table de chambre style Louis XVI.

113 — Une Table à ouvrage en noyer.